EMILE BOISSIER

Le Chemin

de l'Irréel

POEME DE RÊVE

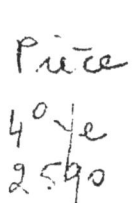
PARIS

VICTOR HAVARD. ÉDITEUR

168, Boulevard Saint-Germain, 168

—

1895

EMILE BOISSIER

Le Chemin de l'Irréel

POÈME DE RÊVE

Avec trois Lithographies de Jules BOISSIER

> L'homme le plus puissant du monde
> c'est celui qui est le plus seul.
>> (L'Ennemi du Peuple.)
>> Henrik IBSEN

> Tous diront que vous êtes fou.
> Et il faut qu'ils disent vrai :
> Il faut que vous soyez un fou :
> Les fous ont sauvé le monde.
>> (Le Lys Rouge.)
>> Anatole FRANCE.

PARIS
VICTOR HAVARD, ÉDITEUR
168, Boulevard Saint-Germain, 168

—

1895

DU MÊME AUTEUR :

—

DAME MÉLANCOLIE

Poésies et Proses rythmées, avec Préface de Paul VERLAINE.

Un volume in-18. Tirage limité à 200 exemplaires. (Épuisé.) Paris. VANIER, éditeur.

———

LE PSAUTIER DU BARDE

Recueil de Vers, avec Préface par Armand SILVESTRE.

Paris. Paul OLLENDORFF, éditeur.

———

ESQUISSES & FRESQUES

Recueil de Vers, avec une Lithographie de Jules BOISSIER.

Tirage limité à 200 exemplaires. (Hors commerce.)

———

EN PRÉPARATION :

—

LE ROUET CHANTE

Poème pastoral. — Cantilènes pour Régine.

A LA MÉMOIRE

DU MAITRE VÉNÉRÉ

RICHARD WAGNER

Ce Poème eut pour initiale inspiration l'irréalité de ce qui nous entoure.

Je l'ai placé, à dessein, hors de toute époque, afin que rien de précis ne puisse lui assigner des limites. Le Songe seul s'y érige, despotique.

Par son vouloir, le Poète parvient à se libérer des vaines apparences qui le sollicitent, insidieuses et troublantes.

C'est d'abord la Nuit, avec ses mirages, puis la Volupté multiforme, et la Mort, au royaume inconnu.

Le triomphe consacre la triple épreuve, et quand l'Aurore paraît, chassant les hallucinations des ténèbres, le Poète a répudié le Réel, en faveur de sa fiancée mystique, l'Idée. Il est enfin devenu Celui qui ne croit plus qu'en son Ame.

La structure de l'œuvre, avec ses rappels fréquents et nécessaires comme les leitmotive de l'Art Wagnérien et ses paysages effacés, noyés dans la brume, — devinés plutôt qu'aperçus, — m'induisit à l'emploi du vers classique s'alliant au vers libre, lequel ne dépasse jamais toutefois l'alexandrin, — ce dernier mètre constituant, selon nous, la base de tout rythme.

E. B.

I

Les Voix de la Chimère

Nous sommes faits de la vaine
substance dont sont formés nos
songes.

(*La Tempête.*) SHAKESPEARE.

La vanité est le lien fictif qui
nous annexe à une extériorité
imaginaire : un petit effort le
brise et nous sommes libres !

(*Sixtine.* Remy DE GOURMONT.

Le Poète est rentré, veuf d'espoir, l'âme vide,
Dans sa chambre déserte où survit le Passé.
Près de la vieille lampe à la clarté livide,
Sur des livres épars posant son front lassé,
Ses yeux suivent au loin quelque rêve effacé.

*
* *

La Nuit vient. — Voici l'heure où sommeille la Ville.
Un silence peuplé de mille bruits légers
Règne à travers l'espace et le cœur qui s'exile,
Confiant son désir aux oiseaux passagers,
Songe à l'enchantement des sites étrangers.

*
* *

Seul le Poète est triste. — Il revoit l'infidèle
Dont les baisers rendaient les paradis perdus
— Hirondelle fuyant dans un dernier coup d'aile —
Et tend ses pauvres bras, en gestes éperdus,
Vers une ingrate enfant qui ne reviendra plus.

*
* *

— Quelle fraicheur avaient ses lèvres
Offertes comme un fruit troublant
Et dont le contour indolent
Semblait tracé par des orfèvres..
Quelle fraicheur avaient ses lèvres !

Quelle douceur avaient ses mains
Transparentes et fuselées ;
De frêles anneaux, constellées !
Ses doigts, — on eût dit des jasmins.
Quelle douceur avaient ses mains !

Quelle langueur en ses yeux vagues,
Verts comme un océan moiré,
Quand le crépuscule a doré
La cime ondoyante des vagues ;
Quelle langueur en ses yeux vagues !

*
* *

Ainsi, se mémorant l'amour enseveli,
Sourd à l'Espoir, dont l'aile vint frôler sa porte,
Et refusant sa bouche au fleuve de l'Oubli,
Le Poète pleurait sur sa Jeunesse morte.

⁂

Pourquoi susciter les rêves défunts
Dans cette Nuit douce où le cœur s'enivre ?...
— O Nuit de silence ! O Nuit de parfums !
Nuit où l'on voudrait oublier de vivre ! —
    Poète entends-tu cette Voix
      Qui vers l'azur calme s'élève ?
— Il fait un clair de lune intense sur les toits —
    Poète entends-tu cette Voix ?...
C'est la Voix de la Nuit qui soupire sans trêve
    Et fait vibrer sous d'invisibles doigts
Le prélude divin des harpes de ton Rêve.
Ecoute-la chanter. — Ecoute cette Nuit
Dont les cheveux ont un diadème d'étoiles
    Et qui glisse sans bruit
    Dans un frisson de voiles. —

. . . .

Le Poète écouta ce que chantait la Nuit. —

. . . .

I

    « Je suis la Reine au profil sombre ;
Je verse le sommeil bienfaisant aux humains.
Sur la Ville qui dort, j'étends mes ailes d'ombre
    Et je ferme les yeux sans nombre
Sous le repos béni de mes célestes mains.

II

    J'ai pris pour messager le Songe
Dont les pâles regards sont des lys inéclos.
Le Songe seul est vrai ; la Vie est un mensonge.
Chasse loin de ton cœur le souci qui le ronge
    Et cherche le repos !

III

Aime-moi ! — Je serai ton humble fiancée,
     Ta Muse — si tu veux ! —
Sache oublier enfin l'existence passée ;
Et pour mieux exprimer l'Infini de tes vœux,
— La rime ne suffisant plus à ta pensée —
Tu prendras l'astre d'or qui brille en mes cheveux.

IV

Viens dans mes bras. — Je suis la bonne empoisonneuse.
     Ma bouche est un géranium.
J'ai des seins parfumés de brume moissonneuse
     Et mon baiser distille l'opium.
Viens dans mes bras. — Je suis la bonne empoisonneuse.

V

La vierge apprend de moi les mots les plus troublants.
     Je console son infortune ;
C'est par moi que fleurit l'ivresse de ses flancs
Et mes doigts caresseurs entr'ouvrent les lits blancs
     Aux rayons bleus du clair de lune.

VI

Viens ! — Tu suivras au ciel le vol échevelé
Du nuage, semblable au Cygne des féeries.
     Nous voguerons vers l'île de Thulé
Et je te montrerai les blondes Walkyries,
Comme de grands oiseaux, sur leur roc isolé.

VII

Par delà les confins de la Mer boréale
Il est de bleus pays où jamais le soleil
N'éclaire les palais de porphyre et d'opale ;
     Où, sous un crépuscule pâle,
La Belle au bois dormant prolonge son sommeil.

VIII

Veux-tu voir ces pays où règne la Légende ?...
La vague y portera notre esquif, sans danger.
Veux-tu qu'à mon appel, surgissent dans la lande,
        Comme un défilé mensonger,
Les Chevaliers d'Artus, morts sur le sol d'Islande ?...

IX

Réponds ! — Quelle est ton Ame et quel est son désir ?...
Pauvre rêveur épris d'une vision blonde,
Recherches-tu l'amour sans pouvoir le saisir ?
        Si tu ne veux que le plaisir,
Je livre à tes baisers la reine de Golconde. »

. . . .

Tel, le chant de la Nuit, comme un hymne géant,
Clamait vers l'Infini l'ivresse de renaître.
Accoudé sur le bord de l'étroite fenêtre,
Le Poète aperçut dans le gouffre béant
La Cité qui dormait au rythme de ce chant.

Les clochers aux frêles dentelles,
Les dômes, les hautes tourelles
S'étageaient au-dessus des toits :
Et, sous une brume argentée,
La Ville paraissait hantée
Par des souvenirs d'Autrefois.

Perdant leur forme accoutumée,
Vagues comme de la fumée,
Des peupliers à l'horizon ;
Et dans les jardins, sur les branches,
Des guirlandes d'étoiles blanches
D'une éclatante floraison.

*
* *

Tout se confond presque et s'efface.
Dressant ses créneaux vers l'espace,
Un château s'érige au lointain ;
Et la cathédrale gothique
Surgit — monstre apocalyptique —
Comme un Spectre de l'Incertain.

*
* *

Au beffroi d'une vieille église,
Une heure quelconque agonise
Dans le murmure ailé du vent ;
Et parmi les ténèbres calmes,
On écoute, au frisson des palmes,
Tinter les cloches d'un couvent.

*
* *

O cloches, carillons où vibrent des cantiques,
Mélancoliques voix éparses sous le Ciel,
Le Poète bénit vos timbres prophétiques,
Car vous ouvrez pour lui le seuil de l'Irréel.

Vos robes d'airain sont des encensoirs austères,
Des lys chanteurs dont la corolle est de métal.
Vous tremblez dans l'azur le glas des noirs mystères
Et les alléluias aux notes de cristal.

Portez-vous le pardon de nos fautes, ô cloches ;
— Voix de rédemption des cycles révolus —
Dites-vous l'Avenir et que les Temps sont proches
Où Christ doit triompher par la foi des Elus ?

Quelle main dans la nuit émeut vos flancs sonores?
Quel battant vient mourir sur vos lèvres d'orgueil,
Fleurs dont l'exil palpite au lever des Aurores
En des chœurs d'allégresse ou des sanglots de deuil?

— Songes voluptueux et cauchemars étranges —
Vous êtes Tout; le Paradis comme l'Enfer.
Vos tintinnabulis légers parlent des Anges,
Mais un démon se cache en vos robes de fer.

*
* *

Le Poète écoutait à travers l'étendue,
      Comme une voix perdue.
La cloche dont le chant parvenait jusqu'à lui;
Puis, tout plongea dans les abimes du Silence;
Tout se tut. — Sur la Ville, une douce indolence
      Flotta, sans dissiper l'ennui
De ce cœur de vingt ans d'où l'Espoir avait lui.

*
* *

Malgré son énergie à vaincre sa pensée,
Le Poète évoquait l'existence passée.
Ses rèves essaimaient comme des papillons
Attirés par l'éclat fugitif des rayons.

*
* *

Vers quel phare lointain noyé parmi la brume,
Mais dont la gloire d'Astre illumine la nuit;
Sur quel océan clair, aux flots frangés d'écume,
Tes Songes cherchent-ils un mirage détruit?...

※
※ ※

Ton Ame est un vaisseau-fantôme qui te leurre
Et qui se brisera sur les moindres écueils.
L'Avenir t'appartient. — Pourquoi revivre l'Heure ?...
Le chemin du Jadis est jonché de cercueils.

※
※ ※

Vois la Ville. — Elle dort ; elle rêve ; elle oublie. —
Demain surgira seul de la tombe d'Hier.
A quoi bon l'Autrefois et sa mélancolie ?
C'est l'Avenir qu'il faut au cœur viril et fier !

※
※ ※

Plonge-toi dans l'Oubli. — Recherche les ténèbres.
Ne tente pas de lire aux arcanes du Moi.
Sache bannir le Doute et ses conseils funèbres
Et réchauffe ton Ame au soleil de la Foi.

※
※ ※

Là-bas, sur la plaine infinie.
— Comme l'écho d'une harmonie
Se répercutant au lointain —
Résonnent des accords étranges.
Sont-ce des sylphes ou des anges
Dont chante le vol argentin ?...
Ce sont des anges ! — Vois leurs ailes !
Leur corps est nimbé d'asphodèles.
Ils tiennent un lys à la main :
Ce sont des anges ! — Une étoile
De ses rayons tremblants veut leur tisser un voile
Et sa lueur mystique éclaire le chemin.

⁂

Un hymne si léger qu'on le perçoit à peine
Vibre dans l'air nocturne attiédi de parfums
Et le zéphyr mourant parmi tes cheveux bruns
Frôle ton jeune front d'une rythmique haleine.

⁂

Des mains ont effeuillé les myrtes de Klingsor
Sur la route qui mène au Mont-Salvat des Rêves
Et près de l'Océan, vers le sable des grèves,
Les albatros neigeux ont repris leur essor.

⁂

Tu doutes; mais la Gloire apprête ses trophées,
Elle érige pour toi son dôme triomphal;
Voici venir les jours où — nouveau Parsifal —
Tes pas s'égareront au royaume des Fées.

⁂

Le Lac s'est endormi comme un regard d'argent
Sous les saules pleureurs aux chevelures fines.
La Forêt maternelle et le Lac indulgent
        Bercent le sommeil des ondines.

⁂

Les roses ont ouvert leurs lèvres de satin
Devant la volupté des caresses nocturnes;
Et les lys, inclinant la blancheur de leurs urnes,
Tendent leur pistil d'or au baiser clandestin.

* *

La sève fait craquer l'écorce des grands chênes
En un jaillissement de feuillages légers
Et, parmi l'éternel printemps des orangers,
Surgissent les bouleaux, les hêtres et les frênes.

* *

Or, c'est l'heure de vivre en l'Ame du Printemps,
D'unir sa bouche au cœur embaumé des corolles ;
C'est l'exquise minute où nous sommes exempts
De la banalité futile des paroles.

* *

Ne sens-tu pas en toi ce magique réveil
De la Chair exultant dans un cri d'allégresse ?
Garde-toi de l'Amour ; ne cherche que l'Ivresse.
Ton Désir splendira comme un nouveau soleil.

* *

Les seins veinés d'azur, tels que des fruits d'aurore,
Attendent le frisson de tes doigts pour éclore
Et la Fleur qui tressaille en l'asile ignoré
Pudique, se blottit sous un reflet doré.

* *

Apprends à triompher des ruses par la ruse.
Il est des vierges dont le mensonge t'abuse ;
Qui, t'ayant réclamé, lorsque tu paraîtras,
Feindront de refuser le berceau de leurs bras.

*
* *

Mais la Nuit, la Forêt, sont des entremetteuses.
Sur le lit de rocaille où les sources chanteuses
Serpentent à l'abri touffu des rameaux verts,
La Naïade a miré l'or de ses yeux pervers.

*
* *

De pâles rayons bleus pleuvent parmi les feuilles.
Les fleurs des nénuphars souhaitent que tu cueilles
Leur collerette blanche ; et sur le lac, sans bruit,
Vogue la majesté d'un cygne qui s'enfuit.

*
* *

Méprise notre amour servile ;
Exile-toi ; quitte la Ville.
Ressuscite aux forêts le faune d'Autrefois :
La flûte de roseaux vibrera sous tes doigts.

*
* *

De nos vains préjugés, répudiant l'approche,
Joyeux de devenir pour tous un étranger,
Tu resteras pensif sur la plus haute roche
Jusqu'à l'heure où sourit l'étoile du berger.

*
* *

Maudit par les obscurs qui te verront paraître
Comme un prophète au front ruisselant de clarté,
Tu sentiras germer en toi le nouvel Etre
Par qui doit refleurir l'Antique Liberté.

2

***

Promène tes regards sur la campagne immense,
Sur les prés, sur les lacs. — Le prestige commence.
Tout semble s'éveiller à l'appel d'une voix
Se mourant doucement au silence des bois.

***

Spectacle inattendu — fête vénitienne —
La brise porte au loin l'arome des tilleuls
Et la Nuit offre à tous, chaste magicienne,
Le suprême repos des odorants linceuls.

***

La lune se reflète en nuances d'ivoire
Dans le fleuve irisé de mille diamants.
Des pleurs d'or et de sang vacillent sur l'eau noire
Vers les arches des ponts aux remous écumants.

***

— Invisible frisson de l'insondable moire —
Le flot s'endort rêveur sous l'azur triomphal,
Et le Poète enfin chasse de sa mémoire
Les tristes souvenirs qui voilaient l'Idéal.

II

Minuit sur la Ville

> Il me semblait que j'étais seul au milieu de l'Univers et que tout le reste n'était que fumées, images, vaines illusions, apparences fugitives destinées à peupler ce Néant.
>
> Théophile GAUTIER.

Minuit !...
        L'heure se brise aux angles noirs des rues.

S'éparpillant en un lugubre glas,
L'heure vibre et se perd comme un vol d'oiseaux las.
....
La lampe s'est éteinte aux ténèbres accrues.

*
* *

Le fatidique appel ressuscite au miroir
L'image de l'Enfant parjure et souriante
Et l'Adolescent dit : « Ta vision me hante,
Fantôme de Douleur que je ne veux plus voir.

*
* *

Sois fière de ton œuvre ; elle s'est accomplie
Au delà de tes vœux. J'ai bu jusqu'à la lie
Le poison de ta bouche et l'âme de ton sang.
Va, tu peux les offrir à quelque autre passant !

*
* *

Tes ongles ont meurtri ma chair à l'agonie.
Dans le spasme érotique où se cabrait ton corps,
Tu m'as ravi la Foi, la Force et le Génie.
        Que viens-tu me ravir encor ?...

*
* *

Quelle énigme se fige en ta prunelle fauve ?...
N'es-tu pas, avant tout, la Fille des Péchés ?...
— Une pâle lueur irradie en l'alcôve
Où nos tendres aveux de jadis sont cachés. —

*
* *

Sur le miroir où dort un bleu reflet de l'Astre,
Perverse, tu parais ! Ta beauté resplendit ;
Et, te penchant vers moi comme un ange maudit,
Tu sembles présider à mon futur désastre.

*
* *

Ce cauchemar sanglant, comment l'anéantir ?...
O briser ce miroir ! le briser !... Mais qu'importe ?...
Ton image, est-ce pas en moi que je la porte ?
A quoi bon vainement tenter de se mentir.
Je revivrai toujours mon Illusion morte.

*
* *

Si, du moins, je pouvais, évoquant d'autres cieux,
Puiser dans l'opium une nouvelle ivresse ;
Mais je te vois encor, perfide enchanteresse,
      Quand le sommeil a clos mes yeux.

*
* *

D'ailleurs, je sais ton spectre épars aux moindres choses.
C'est ton Ame qui meurt dans le parfum des roses,
L'oreiller se souvient des courbes de ton bras
Et mon lit a gardé ta forme aux plis des draps.

*
* *

Où m'enfuir ? Cette Nuit est féconde en miracles.
N'a-t-elle pas dicté les suprêmes oracles
Quand elle m'incitait à l'élire pour sœur ?...
      Avec quelle douceur
Elle tendait vers moi son Rêve envahisseur !

*
* *

O Nuit, accueille-moi dans l'ombre tutélaire.
Je descends vers la Ville et le bois séculaire ;
Je suis Celui qui part sans espoir de retour,
Le Pèlerin maudit du Doute et de l'Amour.

*
* *

Jusqu'à l'heure où l'Aurore empourprant les grands arbres
Projette des éclairs sur la neige des marbres,
Je marcherai, cherchant par les halliers touffus
Le salutaire oubli de l'Homme que je fus.

*
* *

Le vent chuchotera mon nom aux libellules
Et les Belles-de-nuit diront aux campanules :
« O clochettes d'argent, Celui qui vient vers nous
Est un de ceux que les gens sages trouvent fous.

*
* *

Ne craignez rien de lui ; c'est un simple poète.
Il nous aime. C'est lui qui nous sert d'interprète ;
Et jamais il n'a pris en ses légers réseaux
Que des rimes ; mais non des fleurs ou des oiseaux. »

*
* *

L'adolescent rêvait ainsi :

Le long du Fleuve,
Ses pas errants frôlaient les herbes du chemin.
La Nuit avait couvert de son voile de veuve
Le vieux parc où flottait une odeur de jasmin.
Comme les grappes d'or d'inaccessibles treilles,
   — Tel un vol imaginaire d'abeilles —
Les étoiles clignaient leurs yeux dans le ciel clair :
   Et des Songes planaient dans l'air
Avec l'Ame des fleurs émanant des corbeilles.

*
* *

Une femme passa ; d'une étrange beauté.
Sur sa gorge enfantine un lourd collier d'opales ;
   Et ses mains étaient pâles
   Et son nom : Volupté.

**

Des saphirs emperlant son voile diaphane
Gemmaient sa nudité de leurs gouttes d'azur.
Dans ses regards félins et longs de courtisane
Riait confusément l'espoir du Temps futur.

**

Son corps souple animé de folle convoitise
Se penchait comme un fruit qui veut être cueilli;
Comme le bain charnel de la fainéantise
Vers l'Enfant que l'Amour avait enorgueilli.

**

Elle dit :

« Je suis Celle au souverain prestige ;
La Reine des baisers. Dans les nuits de Printemps,
Je sème aux cœurs élus l'Ivresse et le Vertige ;
C'est moi qui fais trembler la rose sur sa tige :
Je suis la Volupté, poète, et tu m'attends !

**

J'ai vécu florissante au sein du monde antique :
L'Hellade m'accueillit et me combla d'honneur.
Zénon me condamnait à l'ombre du Portique,
Mais les éphèbes blonds de l'orgueilleuse Attique
Implorèrent de moi l'obole du bonheur.

**

Je fus Sapho, la veuve à l'âme inassouvie,
La folle dont la chair frissonnait de désir.
Je fus la phophétesse et consacrai ma vie
A chanter dans mes vers. par quel rite asservie,
J'avais su découvrir la route du Plaisir.

*
* *

Dans l'île de Lesbos, près de la mer Egée,
Mitylène m'offrit un refuge embaumé,
Mais Vénus, en sa loi rigoureuse outragée,
Par le berger Phaon fut promptement vengée
De la fière Sapho qui n'avait pas aimé.

*
* *

Leucade me guetta. Du haut du promontoire,
Mon corps vint se briser aux angles des récifs
Et les flots très longtemps contèrent mon histoire
A mes fidèles sœurs qui, gardant ma mémoire,
Interrogeaient la Mer, de leurs grands yeux pensifs.

*
* *

Je fus Laïs. Parmi les pampres de Corinthe,
Mon palais s'élevait dans la pourpre et les fleurs.
Alcibiade connut mon enivrante étreinte.
Sur des médailles d'or ma beauté fut empreinte
Par l'art mystérieux d'habiles ciseleurs.

*
* *

Des avatars nombreux captaient ma fantaisie.
Je fus Phryné la belle et je fus Aspasie,
La reine Cléopatre, au luxe oriental.
Qui, sur son lit sculpté dans le bois de santal,
Respirait les parfums hallucinants d'Asie.

*
* *

Sans cesse, je naquis de l'Immortel Désir.
Je fus Manon Lescaut, l'enfant volage et folle ;
Au mépris de l'Amour j'ai cherché le Plaisir.
Je suis toute la Femme et je suis le symbole.
Poète, viens à moi ; c'est moi qu'il faut choisir.

*
* *

Les rêveurs de Jadis me nommaient Poésie ;
Ma bouche eut la saveur d'une pêche d'été.
Les hommes d'Aujourd'hui m'appellent Volupté
Et veulent me ternir de leur hypocrisie,
Mais je ne puis mourir, ayant toujours été.

*
* *

Toujours ! Me comprends-tu ?... Sous des formes multiples
Je reste Une, la Seule ; et tu dois me chérir.
Je suis Celle qu'il faut à jamais conquérir.
Si tu savais combien sont heureux mes disciples !
Prends-moi dans un baiser puisque je viens m'offrir.

*
* *

Déjà, ma sœur, la Nuit, avec sa voix d'extase,
T'a conseillé l'Oubli. Cherche-le dans mes bras.
Mes cheveux embaumés évoquent les lilas ;
Mon corps a des joyaux de fauve chrysoprase
Dont les tièdes langueurs berceront ton corps las.

*
* *

Tout enfant, tu m'aimais avant de me connaître.
Mon image habitait ta naïve raison.
Ne te souvient-il plus de l'asile champêtre
Et de la vigne vierge au seuil de la maison ?

*
* *

Ne te souvient-il plus des premières années ?...
L'Espoir aplanissait le chemin sous tes pas.
Mais l'Espoir s'est enfui : — Les roses sont fanées !
La Vie a triomphé ; — tu ne te souviens pas !

*
* *

Tu me rêvas ta Muse et je t'apparus telle,
Lorsque tu sommeillais d'un sommeil innocent
Dans un lit frêle où ton profil adolescent
Se nimbait sous les fleurs des rideaux de dentelle.

*
* *

Plus tard, vers la charmille où tu venais t'asseoir,
Sur le banc de granit corrodé par la mousse.
J'accourais invisible auprès de toi, si douce
Que tu me devinais aux caresses du Soir.

*
* *

Mes lèvres effleuraient tes lèvres dans la brise.
Mes cheveux s'inclinaient vers toi, rameaux tremblants,
Et mon rire argentin de naïade surprise
Tintait harmonieux parmi les saules blancs.

*
* *

Epoque de bonheur ! — Tu ne voulais pas vivre.
Le Songe était pour toi le seul Prince Charmant.
Tu savais, par instinct, que l'action nous ment
Et que l'Idéal nous enivre.

*
* *

Ton Désir — papillon — volait de fleur en fleur.
Sans vouloir être amant, tu demeurais poète.
Tu ne recélais pas dans une âme inquiète
Ce Despote cruel qu'on nomme la Douleur.

*
* *

Maintenant, le Destin a saccagé ta route,
Une Femme a flétri les roses de l'Avril ;
Et tu vas, pèlerin de l'Amour et du Doute,
Aux rivages meilleurs d'un éternel exil.

*
* *

Pauvre fou, se peut-il qu'un souvenir s'oublie
Quand on garde en son cœur l'image du Passé ?
Jamais ce souvenir ne doit être effacé
Tant que tu chériras l'objet de ta folie.

*
* *

Mais si, grâce à l'Oubli, tu sors victorieux
De cet amour qui lutte au fond de ta mémoire,
Tu seras digne alors de l'armure de Gloire.
Un monde tout nouveau doit s'offrir à tes yeux.

*
* *

Sous les rameaux fleuris, près des claires fontaines,
Ton Ame effeuillera ses espoirs de Jadis
Et, ne connaissant plus le Malheur ni les Haines,
Tes seuls Désirs enfanteront des Paradis.

*
* *

Tu comprendras le sens ignoré des symboles,
L'hermétisme du Dogme et le sublime orgueil
Du Mage qui, voulant franchir le dernier seuil,
Détruit l'inanité des vaines paraboles.

*
* *

Tu seras fort, car nul n'existera pour toi,
Sinon Toi-même et Dieu. De ta forme première
Tu pourras t'isoler par la simple prière,
— Acte de volonté, de candeur et de foi. —

*
* *

Le front auréolé du nimbe de l'apôtre,
T'agenouillant, les bras tendus vers la Clarté,
Tu diras aux Forêts : « Voyez, je suis Un Autre »
Et ta voix chantera l'hymne à la Volupté.

*
* *

O l'extase devant la Nature adorable !
— Cette Ame universelle où sombre notre cœur,
Ce lien mystérieux qui, du saule à l'érable,
Unit le monde entier dans un pacte vainqueur. —

*
* *

L'extase des martyrs chrétiens livrés aux bêtes,
Désarmant la fureur des bourreaux inhumains ;
Les stygmates sacrés ensanglantant leurs mains
Et leurs regards brillant comme ceux des prophètes.

*
* *

L'extase de la Chair aux frissons langoureux
Noyés vers les replis de la Nudité fauve ;
Les lèvres se cherchant dans l'ombre de l'alcôve
Et les yeux éperdus de délire amoureux.

*
* *

L'extase du Triomphe, au rythme des cimbales,
Sous la pourpre et l'orgueil des lumineux pavois ;
Les buccins acclamant de leurs multiples voix
Le Héros qui s'avance au seuil des cathédrales.

*
* *

L'Extase ! — Exil magique et Jardin d'Irréel
Où tes mains cueilleront les tulipes du Songe !
Ivresse ! — Floraison des Voluptés ! — Mensonge
De l'esprit s'égarant aux méandres du Ciel !

*
* *

Pars ! — Cherche à conquérir les ultimes trophées..
Dérobe les fruits d'or aux fabuleux vergers
Des Hespérides ; sois le frère des bergers
Qui seuls t'enseigneront la demeure des Fées.

*
* *

Tu croyais à leur mort ! — Les Hommes ont menti !
Elles vivent toujours et Celles que tu pleures
Attendent dans l'exil des époques meilleures
Où le sceptique enfin se sera converti.

*
* *

Elles dorment depuis des siècles et personne
Ne connaît plus leurs noms vénérés autrefois,
Mais les pâtres errants entendent une voix
Qui gémit dans la brise, alors que Minuit sonne.

⁂

Pars! — N'appréhende pas l'Inconnu de Demain !
Ne regrette plus rien d'un Passé de souffrance !
Bientôt luira pour toi l'Aurore d'espérance
Et le rameau béni fleurira dans ta main.

⁂

Que mon doux souvenir te console et t'inspire !
Je fus Titania pendant la Nuit d'été
Où le Songe germa dans l'âme de Shakspeare :
En la nuit de printemps je suis la Volupté ! »

III

Vers les Cimes

Nul n'est initié que par lui-même.
(Axël.) VILLIERS DE L'ISLE-ADAM.

.... « Nous sommes
La triste opacité de nos spectres futurs. »
Stéphane MALLARMÉ.

La Vision s'enfuit dans la brume. — Le Fleuve
S'endort au chant berceur de la brise.
                    O Forêt
Accueille le Poète élu puisqu'il est prêt
A subir la dernière et redoutable épreuve !
Guide les premiers pas de Celui dont le cœur
Hésite pour franchir le seuil du sanctuaire.
      Sous ton ombrage tutélaire
Abrite-le ! — Qu'il sorte enfin vainqueur
Après avoir gravi le chemin du Calvaire ! —
Entrelace son front de tes jeunes rameaux ;
      Fais-toi douce et plus maternelle,
      Car voici la nuit solennelle
Où le Poète, épris des horizons nouveaux,
      Entre dans la Vie Eternelle.

Voici la nuit d'ivresse où rit la puberté
Du Printemps, alourdi par le réveil des sèves ;
    Voici la nuit de liberté
    Où germera la floraison des Rêves !
O féconde Nature, Autel de l'Infini,
Enchantement divin, grande Consolatrice,
Source de l'Idéal, sublime Bienfaitrice
    Pour le poète et le banni,
Révèle ton secret à l'Enfant qui s'exile
    Et qui, fuyant loin de la Ville,
    Doit cueillir le rameau béni !

*
* *

Comme des vers luisants suspendus dans les branches,
Les étoiles brillaient à travers les halliers ;
Et la lune — fruit des célestes espaliers —
Projetait sur le sol de vagues clartés blanches.

*
* *

L'Adolescent marchait toujours :
              Et ses Espoirs
Cheminaient près de lui dans l'orbe d'un mirage
Et les Regrets fuyaient comme des spectres noirs,
Sa chère Illusion lui rendant le courage.

*
* *

Il arriva près d'un lac. — Les roseaux
S'effilaient. — Le Silence et la Mélancolie
    Evoquaient, sous un saule, ensevelie
        Au sein des eaux,
La vision pâle et flottante d'Ophélie.

**

« Chaste Ophélia, sœur des Anges, lys si pur,
Avec tes doigts de neige et les reflets d'azur
De tes grands yeux de songe et ta bouche fermée
Comme une fleur à la corolle parfumée ;
Dans le lac transparent, fantôme d'Autrefois,
Tu m'apparais parmi les nénuphars. — Ta voix
Chante encor la chanson que t'enseigna la Fée ;
Dans tes cheveux sont les fleurs dont tu t'es coiffée.
Fille de la légende, enfant du Danemark,
N'errais-tu pas jadis en ce féerique parc
Où ta robe épandit ses brumeuses volutes
Alors qu'agonisait, tel un soupir de flûtes,
Le murmure lointain du vent parmi les bois.
Ah ! Je voudrais frôler, de mes lèvres, tes doigts.
Je voudrais... je voudrais... mais le Lac nous sépare.
Tu n'es plus qu'une morte et ton front ne se pare
Que de lilas défunts et de fleurs d'Autrefois.
Il n'y a de réel que ta voix ! — O ta voix !
Quel charme d'écouter son refrain de folie,
Près du lac où s'endort notre mélancolie.
          Ophélie, Ophélie,
          Quel charme que ta voix ! »

**

Ainsi parle Celui qu'un mirage captive
Et dont l'âme s'égare au seuil de la Forêt.
Soudain, la vision s'efface et disparaît,
— Diaphane, parmi les roseaux de la rive ; —
Et le Rêveur reprend sa course fugitive.

**

Quel mystère magique et vaguement confus
Se glisse vers la Nuit où frissonnent des ailes ?
Les branches semblent des chevelures rebelles
Et la brise chuchote un languissant refus.

*
* *

Guidé par la Chimère au regard de délire,
Cher Poète, amoureux de vaincre l'Inconnu,
Le Printemps a fleuri les cordes de ta lyre
Et la Forêt a dit : « Qu'il soit le bienvenu ! »

*
* *

Aussitôt, sous tes pas, l'herbe devint plus douce,
L'aubépine inclina ses fleurs sur ton chemin
Et, lustrale, parmi les velours de la mousse,
La source rafraîchit la fièvre de ta main.

*
* *

Comme un poison subtil affirme la hantise
De l'Ame désirant s'élever jusqu'au Ciel,
De même, cette Nuit qui t'aime et te courtise
Veut t'offrir l'opium de ses lèvres de miel.

*
* *

Il est si doux de ne pas vivre dans la Vie,
D'être un frêle roseau sous le souffle du vent ;
Et, berçant le sommeil de sa chère folie,
De quêter l'Idéal féroce et décevant.

*
* *

Il faut rester l'enfant naïf, quoi qu'il arrive :
Tes yeux seront fermés aux choses d'ici-bas.
Laisse ta faible barque aller à la dérive
Et ne prends jamais part à nos honteux combats.

*
* *

Il n'existe pour toi nulle époque, nulle heure.
Revivant le Passé, tu prévois l'Avenir.
Ton rôle est de calmer la souffrance qui pleure
Et de montrer la route aux peuples à venir.

*
* *

Respecte aussi Celui qui se dresse en apôtre,
Car son rêve peut être un rêve noble et fier.
Ecoute-le s'il dit : « Ma foi n'est pas la vôtre. »
Demain couronnera la révolte d'Hier !

*
* *

....
....

La Forêt — comme une vierge qui se livre,
Mais tremble de quitter ses voiles, les derniers —
Caresse le Rêveur d'effluves printaniers ;
Et les étoiles sont les lettres du grand livre
Où la nuit trace en or dans les immensités
L'anathème promis aux vices des Cités.

*
* *

Pourquoi Dieu prendrait-il pitié de nos désastres ?
Pourquoi répondrait-il aux ultimes appels ?
Nous avons blasphémé son nom sur les autels
Et nous ne croyons plus au Mystère des astres,

*
* *

En vain le sang du Christ efface nos péchés ;
Les Prophètes sont morts et mortes leurs paroles.
Notre front prosterné vénère des idoles
   Et nous sommes penchés
Sur l'abîme creusé par nos chimères folles.

*
* *

La Science railla l'Enfer et ses effrois,
Et le Mal, — podestat usurpateur du trône —
Ayant débaptisé les cloches des beffrois,
Aucun ne va prier et nul ne fait l'aumône :
L'enfance a désappris le signe de la croix.

*
* *

Et toi, Nature, en qui sommeillent les secrets
Des siècles engloutis au Néant des années,
Notre soif a tari tes mamelles fanées
Et notre orgueil natif émonda tes forêts.

*
* *

L'Homme civilisant les forces naturelles,
Asservit à ses lois l'austère Vérité
Et, l'Ame réclamant un peu de charité,
Pour lui ravir l'azur, il lui coupa les ailes.

*
* *

« Rêves, s'écria-t-il, rêves, soyez maudits !
Vous venez nous troubler au sein de nos orgies
Et, quand par les baisers nos lèvres sont rougies,
Vous nous faites songer à d'autres Paradis.

*
* *

Mais lequel d'entre nous respecte les statues
Que la Grèce sculptait à ta gloire, Beauté ?...
La Richesse, voilà l'unique royauté,
Et les hymnes d'amour à jamais se sont tues. »

*
* *

Ainsi l'Homme parla. —

               Mais l'heure des revanches
Constellait le regard des chercheurs d'Idéal
Et les Adolescents passèrent sous les branches,
       Enguirlandés de roses blanches
Et couronnés du pampre et du laurier natal.

       Fleur à fleur, en avalanches,
Le Printemps fit éclore un hommage féal.

*
* *

Ils étaient ignorants de la Vie et des livres,
Ceux-là qui cheminaient, solitaires et doux,
Avec, dans leur main pâle, un fier rameau de houx.
       On disait : « Ils sont fous ! »
      Mais Eux — comme des anges ivres —
Méprisaient le venin du sarcasme jaloux ;
Car, leurs lèvres buvant aux limpides fontaines,
       Où se mirait le soir,
    — Présagé par les flûtes lointaines,
      Ils avaient vu l'Espoir
Leur sourire au delà des vallons et des plaines.

* *
*

Poète, que ton front se dresse vers l'Azur
Pour la communion mystique du Silence.
    En cette nuit de suprême indolence,
        Sois le héros fervent et pur
Du beau songe d'Avril ! — Que ton Ame s'élance
Vers le splendide orgueil de son Destin futur !

* *
*

C'est la dernière étape à ta marche nocturne.
Tu chancelles : — Tes pas hésitent. — Souviens-toi
Que le Passé se meurt en l'Oubli taciturne
Et que tout l'Avenir appartient à la Foi.

* *
*

Si tu veux le Triomphe et si tu veux la Gloire,
Répudie à jamais le Doute. — Ton esprit
De ce qu'il a connu doit perdre la mémoire ;
Car la Science est vaine et ce que l'on t'apprit
Ne vaut pas la prière et le charme de croire.

* *
*

Voici venir vers toi — Dame de bon accueil —
La fiancée aux yeux calmes, reine clémente
Qui pleure aux plis discrets de son voile de deuil.
Sur sa maigreur frissonne un manteau d'épouvante.
Ne la regarde pas : — C'est la dernière amante
Dont l'étreinte néfaste entr'ouvre le cercueil.

***

C'est Elle dont le nom se murmure à voix basse.
Son refrain maternel nous berce et nous endort.
Lorsque notre âme est triste et lasse,
Elle passe
Auprès de nous, disant : « Venez, je suis la Mort ! »

***

Son coursier qui se cabre
En galops effrénés
Suit la danse macabre
Où hurlent les damnés.
La ronde se déroule.
De chemin en chemin.
Les morts viennent en foule
En se donnant la main.

***

Les uns portent des toques
Et des pourpoints de bal ;
Les autres, des défroques
De fous de Carnaval.
Le Gueux et la Princesse,
L'Evêque et le Marchand
Tournent, tournent sans cesse
Au rythme de leur chant.

***

— Des tibias pour baguettes —
Sur leur thorax à jour
Les Cadavres-Squelettes
Vont, jouant du tambour.

Leur geste vous invite :
Ils valsent sans repos,
Toujours, toujours plus vite,
Au cliquetis des os.

*
* *

C'est une folle trombe.
Les spectres d'Autrefois
On déserté la tombe
Pour courir dans les bois.
Au ciel, la lune pleure.
Le Vent du Nord gémit :
Il n'est plus aucune heure.
La nuit... rien que la nuit !

*
* *

Et la Mort; sous l'escorte
Des funèbres corbeaux,
Les chasse et les exhorte
A franchir les tombeaux ;
Jusqu'à l'heure indécise
Où le premier reflet
Du soleil exorcise
L'horizon violet.

*
* *

Alors tout se disperse
En la brume, au lointain,
Et la Forêt se berce
Aux rayons du matin.
Il n'est rien qui témoigne
De ce bal achevé.
Le voyageur s'éloigne
Et croit avoir rêvé.

. . . .
. . . .

Voilà ce que la reine au profil de madone
— Courtisane toujours en quête de passants —
Cache sous les baisers pervers et caressants
    . Que sa lèvre pâle nous donne.

Le vampire hideux nous convie au sommeil
Par les soirs lourds de spleen ou d'ivresse indolente,
Et nous ne voyons pas briller la faux sanglante
    Où ruisselle un éclair vermeil.

Sa voix lascive et grave énerve la pensée.
Ses yeux sont ou d'un ange ou d'une fiancée.
Androgyne troublant, elle nous charme ainsi
Que les Etres rêvés par l'âme du Vinci.

Mais toi, cher pèlerin, détourne le visage
Afin de résister aux embûches du sort
Et malgré les écueils semés sur ton passage,
Lève les yeux au Ciel et marche vers le port.

. . . .
Le Poète écouta ce que chantait la Mort. —
. . . .

I

« *Je suis Celle qui vient à l'heure solennelle,*
La grande sœur clémente, au geste de pardon.
Le temps m'effleure en vain, car j'ai reçu pour don
  La jeunesse éternelle.

II

L'ignores-tu ?... Je suis l'Eden longtemps promis
Par l'Idéal, captif aux voix de la Chimère ;
  Je suis la bonne mère
Qui berce dans ses bras ses enfants endormis.

III

Un languissant parfum voltige sur ma bouche
  Où tremble le baiser,
Et j'offre à ton désir de partager ma couche
Où ta soif d'Infini pourra se reposer.

IV

  Princesse du Mystère,
Isis au voile sombre, à la robe d'oubli,
Je suis une statue étrange et solitaire
Debout sur les débris d'un monde enseveli.

V

Mon empire commence à ce lointain rivage
Que nul regard humain ne peut apercevoir ;
Où la sirène chante à l'approche du soir
Un chant mélancolique, amoureux et sauvage.

VI

Des arbres inconnus exilent leurs parfums
Sur la mer sans limite et la vague qui passe
Semble un adieu perdu qui moutonne et s'efface
Dans la brume flottante, aux horizons défunts.

VII

Suis-moi vers l'île en fête, au refuge des roches
Qu'ombragent des sapins où les pigeons ramiers
Se reposent. — Suis-moi vers les bois de palmiers.
N'égare plus ton âme au mensonge des cloches.

VIII

Viens rêver ton beau rêve en mon palais d'exil
Où l'eau filtre en chantant dans les vasques d'ivoire.
Nous n'échangerons pas de serment illusoire,
Car l'hiver peut faner les promesses d'avril.

IX

Je t'apprendrai l'énigme aux yeux des sphynx d'Egypte
Et pour ressusciter les âges disparus,
Tu n'auras plus qu'à lire aux vieux murs de la crypte
Les signes effacés qu'on ne déchiffre plus.

X

Si tu veux délivrer des entraves charnelles
Ton âme prisonnière, âme que profana
Ton corps insoucieux des Gloires éternelles,
Résorbe ton esprit dans le grand nirvana. »

. . . .

Elle se tut. —
      L'Adolescent dit : « Je veux vivre,
Car celui qui renonce avant d'avoir souffert,
Celui qui ne va pas vers l'Idéal offert
Abdique lâchement. — Je ne veux pas te suivre.

*
* *

Qu'importe le repos aux hardis conquérants ?
Qu'importe le Néant à qui cherche la Gloire ?
Nos fiers aïeux étaient les Chevaliers errants
Et, possédant la foi, nous aurons la victoire.

*
* *

Notre siècle enfanta des fils mystérieux
Dont les bras sont armés pour la Croisade austère.
L'Avenir sourira, limpide, dans leurs yeux
Et quand ils parleront, la foule doit se taire.

*
* *

Mensonges que la Mort et que la Volupté !
Tout nous leurre ici-bas, excepté notre Rêve ;
Mais la nouvelle Aurore en la Nuit qui s'achève
Illumine l'azur d'une blonde clarté.

*
* *

Adieu Nuit de Printemps ! — Mon âme fut guidée
Par tes astres bénis au désert des chemins. —
Vois, le Passé n'est plus et voici les Demains
Qui sacreront en moi l'apôtre de l'Idée. »

Paris 1894-95.

Nantes. — Imprimerie F. Salières, rue du Calvaire, 10.

www.ingramcontent.com/pod-product-compliance
Lightning Source LLC
Chambersburg PA
CBHW061659180626
46818CB00003B/1176